Vente du Jeudi 16 Ma[...]

SALLE N° 3

TABLEAUX

ANCIENS

PRINCIPALEMENT

DE L'ÉCOLE FRANÇAISE

PROVENANT DES COLLECTIONS

DE MM. DE C... ET S..

EXPOSITION PUBLIQUE

LE MERCREDI 15 MAI 1872

Mᵉ CHARLES OUDART, COMMISSAIRE-PRISEUR

M. ÉMILE BARRE, EXPERT

Clave, imprimeur
r. St-Benoit, 7, à Paris

CONDITIONS DE LA VENTE

Elle sera faite au comptant.

Les acquéreurs payeront, en sus de leur prix d'adjudication,
cinq centimes par franc, applicables aux frais.

Le Catalogue n'est fait qu'à titre de renseignement; les énonciations qu'il renferme ne peuvent jamais être considérées comme des garanties.

L'Exposition mettant les adjudicataires à même de se rendre compte de la nature et de l'état des objets, il ne sera admis aucune réclamation une fois l'adjudication prononcée.

DÉSIGNATION
DES TABLEAUX

BERGEN (Dirk van).

1. — Animaux au pâturage.

BILLECOQ.

2. — Jeune Femme artiste à son chevalet.

BOUCHER.

3. — Les Baigneuses.

Provenant de la vente Khalil-Bey.

BOUCHER.

3 *bis*. — Groupe d'Amours dans un paysage.

BRAUWER.

4. — Le galant Buveur.

BRAUWER.

5. — Le pendant du précédent.

BREKELEMKAMP.

6. — Buveurs et Fumeurs.

BREUGHEL.

7. — La Conversion de saint Paul.

BREUGHEL.

8. — Bouquet de fleurs dans un vase.

BREUGHEL ET VAN BALEN.

9. — La Vierge, assise au milieu d'un riant paysage, tient l'enfant Jésus sur ses genoux. Des anges lui apportent des fleurs et des fruits.

BRILL (Paul).

10. — Marche d'armée à travers une forêt.

BRONZINO.

11. — Portrait d'Homme, en costume de l'époque, tenant un livre à la main.

COULON.

12. — Jeune Femme, en costume Louis XV, regardant un dessin.

COYPEL.

13. — Bacchus et Ariane.

CRANACK (Lucas).

14. — La Vierge, l'enfant Jésus et saint Jean.

DEMARNE.

15. — Le Moulin à eau.

DIÉTRICK.

16. — La Leçon de flageolet.

DROUAIS.

17. — Portrait de Mme Élisabeth.

DYCK (Van).

18. — Portrait d'Homme, en buste.

GREUZE.

19. — L'Attente.

Provenant de la vente Khalil-Bey.

HEEM (Corneille de).

20. — Fruits posés sur une console.

HEEM (Corneille de).

21. — Fruits posés sur une console.

HELMONT (Van).

22. — Les Joueurs de boule.

HELMONT (Van).

23. — Le Tir à l'arc.

HEUSCH (Guillaume de)

23 *bis*. — Site italien.

HOLBEIN (Le vieux).

24. — Portrait d'un personnage, en costume noir orné
de fourrures.

HUET.

25. — L'Heureux Couple.

HUET.

26. — La Rencontre.

HUET.

27. — Les Petits Pêcheurs.

HUET.

28. — La Promenade.

Ces quatre tableaux forment pendants.

HUET.

29. — Nymphe endormie.

HUET.

30. — Danaé.

HUET.

31. — L'Amour et Psyché.

Ces trois tableaux forment pendants.

HUET.

32. — La Causerie.

HUET.

33. — Le pendant du précédent.

KLOMP (A.)

34. — Animaux au pâturage.

LEBRUN (Mme VIGÉE).

35. — Portrait de Marie-Antoinette dans sa prison.

> Elle est représentée en costume noir, tenant un livre
> d'heures à la main et portant au cou un médaillon conte-
> nant les portraits de ses enfants.

LEBRUN (Mme VIGÉE).

36. — La Jeune Mère.

LEDOUX (Mlle).

37. — L'Enfant à l'épagneul.

LINGHELBACH.

38. — La Halte au camp.

MAAS (Dirk).

39. — La Chasse au cerf.

MARTEL.

39 *bis*. — Bouquet de fleurs.

MIEL (Jean).

40. — Le Repos des chasseurs.

MILLET.

41. — Paysage.

MOREAU.

42. — La Promenade dans le parc.

MORETO.

43. — Portrait d'un personnage, en costume noir orné
de fourrures, sur fond d'or.

MOUCHERON.

44. — Paysage boisé, avec animaux.

NETSCHER.

45. — Nymphe dans un paysage.

OMMÉGANK (J.-B.-P.).

(Signé).

46. — Extérieur de Ferme, avec figures et animaux.

ORLEY (Van).

47. — Sainte Famille.

OUWATER.

48. — Vue d'Amsterdam.

OUWATER.

49. — Le pendant du précédent.

PATEL.

50. — Site italien, avec Monuments en ruine.

Gouache.

POELEMBURG.

51. — Baigneuses dans un paysage.

POELEMBURG.

52. — Le pendant du précédent.

POELEMBURG.

53. — L'Ange et Tobie.

PRASCH.

54. — Halte de Chasseurs.

PRUD'HON.

55. — Le Marchand de plaisirs.

QUERFURT.
200

56. — Les Adieux au camp.

QUERFURT.
200

57. — Le Départ pour la chasse.

Ces deux tableaux forment pendants.

REYNOLDS.

58. — Portrait de Seigneur, en costume noir, en collerette blanche.

RUTHART.

59. — Chien en arrêt devant des perdrix.

RUYSDAEL (Salomon).

(Signé et daté 1641).
900

60. — Environs de Harleem.

SCHALL.

61. — La Toilette de Léda.

STEEN (JEAN).

62. — La Fête des Rois.

SWEBACH.

(Signé).

63. — Attaque d'un convoi français par des Cosaques.

TARAVAL.

(Signé et daté 1779)

64. — Céphale et Procris.

TÉNIERS.

65. — L'Arrestation.

TIÉPOLO.

66. — Le Sacrifice d'Iphigénie.

TOCQUÉ.

67. — Portrait de Dame, les cheveux poudrés et le
corps entouré d'une guirlande de fleurs.

TOURNIÈRES.

68. — Portrait de Dame, en costume de l'époque de Louis XIV.

VALIN.

69 — Renaud et Armide.

VESTIER.

70. — Portrait de Dame, en costume Louis XVI.

WATTEAU.

71. — Marche d'armée.

WERF (Van der).

72. — Portrait d'un Prince d'Orange.

WERF (Van der).

73. — Portrait d'une Princesse d'Orange.

WOUWERMANS (Pierre).

74. — Le Manége.

WOUWERMANS (Philippe).

75. — Halte de Cavaliers aux bords d'une rivière.

ÉCOLE FRANÇAISE.

76. — Portrait de Gabrielle d'Estrées.

ÉCOLE FRANÇAISE.

77. — Portrait de Dame, en costume de l'époque de Henri III.

ÉCOLE FRANÇAISE.

78. — Portrait de Dame, en costume de l'époque de Henri IV.

PARIS. — J. CLAYE, IMPRIMEUR, 7, RUE SAINT-BENOIT. — [957]